JN184918

# 句集
# 暫

深田雅敏

文學の森

# 序

『暫』（しばらく）は深田雅敏氏の第一句集である。記念すべき第一句集に『暫』と名づけたところに、深田氏の毅然たる態度が見てとれる。句集名は次の一句に基づく。

「暫」と両手で冬を押し返す　Ⅲ

「暫」は歌舞伎十八番の一つで、荒事（あらごと）の代表的な演目である。清原武衡が、自らに反対する人々を家来に命じて切ろうとした時、鎌倉権五郎景政が「暫く～」の声とともに現われて人々を助ける、という物語である。

その「暫」を踏まえて、「冬」の厳しい寒さを両手で押し返す、と言ったところが一句の眼目である。この句の初出は「百鳥」平成22年5月号であるが、次の句も同号に発表された。

裸木となりて漲る力瘤　Ⅲ

葉の落ちつくした落葉樹の有様を、「裸木」となって力瘤が漲る、と言ったところに強さが感じられる。

このように、寒い「冬」を両手で押し返し、葉の無い「裸木」に力瘤を見出しているところに、生きる意欲の強さを感ずる。あえて言えば、深田氏の人生観を看取する。病気や多忙に負けず、積極果敢に生きようとする心意気を感ずる。

皺もまた生きる証ぞ若葉風　Ⅰ
まつすぐに狂つてみたし阿波踊　Ⅰ
その時は銀河へゆくと決めてをり　Ⅱ

九十九里の淑気を胸に存へむ　Ⅳ

老ゆるとも熱く生きたし雑煮吹く　Ⅴ

これらの句にも、深田氏の、生を尊び、力を尽くして生きようとする前向きの姿勢が見てとれる。「生きる証ぞ」「狂つてみたし」「銀河へゆく」「存へむ」「熱く生きたし」といった言葉にそのことが端的に示されている。一つだけ注釈をつけておくと、三句目の「その時」とは「死の時」であろう。自らの死を嘆き悲しむことなく、悠久の銀河へ旅立とうというのである。そのために今を大切に生きようというのである。

こうした深田氏の姿勢は動物を詠んだ句にもうかがえる。たとえば「象の花子」。

還暦の象の花子に囀れり　Ⅰ

桜咲く象の花子に逢ひに行く　Ⅲ

花吹雪象の花子が鼻振つて　Ⅲ

白南風や象の花子の好きな風　Ⅲ

良夜かな象の花子に佳き夢を　Ⅲ

象の花子は、昭和22（1947）年タイに生まれ、現在、井の頭自然文化園で飼育されている（戦争中に餓死した象の花子の名を継いで「はな子」と命名されたが、深田氏の表記に従い「花子」とした。氏には餓死した「花子」への思いもあろうかと推察する）。

一句目。花子は今年平成27（2015）年、68歳の誕生日を迎えたが、深田氏は花子が還暦（数え年61歳）の頃から、あるいはそれ以前から、花子を詠み続けている。「囀れり」が和やかであたたかい。二句目。「逢ひに行く」が、まるで実の妹にでも逢いに行くようである。因みに、深田氏は昭和10年生まれ、花子より一回り年上である（笑）。三句目。花吹雪の中、花子が歓迎するように鼻を振っている。「花子」の花と「桜」の花と「鼻」の花が三重奏をかなでる。この辺に深田氏のしたたかな技がみえる。四句目。「好きな風」と断定的に言ったところに、花子に対する親近感がうかがえる。白南風は梅雨明け後に吹く南風。南国生まれの花子が好きな風にちがいない。五句目。今夜は良夜、動物園で眠る花子が佳い夢を見るようにと願っている。良夜にも花子を思っているところに、花子に対する愛着の深さが感じられる。

以上の5句は春・夏・秋の句であるが、冬の句もあるにちがいない。象の花子は、深夜に酒に酔い象舎に無断で侵入した男性を死亡させ、前足を鎖で繋がれて舎内に閉じ込められるなど、さまざまなストレスによって痩せ細った時期もあったという。その花子が今年2月、井の頭自然文化園で行なわれた誕生日のお祝いの会に元気な姿をあらわした。こうした経歴の花子を詠み続けるところに、自らの病や身内の介護に苦労しながらも、前向きに生きていこうとする深田氏のプラス思考がうかがえるのである。

ところで、必ずしも平穏とは言えない深田氏の日常生活を支え、励まし、プラス思考に導いてくれたのは何であろうか。思いつくまま3点ほど挙げると、鮎釣り、孫・子の存在、久留里沿線の散策である。

釣り上げし鮎にとくとく鼓動音　Ⅰ

釣り宿に男ばかりの星祭　Ⅱ

囮鮎選ぶ眼力釣果にも　Ⅳ

鮎釣って夕日を帰る筑波山　Ⅳ

子が来たり二月礼者の顔をして　Ⅱ

温め酒子と酌む酔ひの早かりき　Ⅱ

目の笑ふ児の手ひらけば雨蛙　Ⅲ

金剛と名付けて孫の兜虫　Ⅳ

畦焼きの匂ひを乗せて久留里線　Ⅰ

花びらが風と乗りこむ久留里線　Ⅰ

久留里線田植の中を通りけり　Ⅲ

久留里線我も過客や秋の暮　Ⅳ

最初の4句は「鮎」の句。釣り上げた鮎の生気に触れ、釣り宿で星祭を楽しみ、囮鮎を使って友釣りをし、夕日に映える筑波山を見ながら家路を辿る。この充実した時間が生き甲斐を感じさせ、更に生きる意欲を増幅させたことはまちがいない。一言つけ加えると、中でも「囮鮎選ぶ眼力釣果にも」は鮎釣りの達人ならではの佳句である。囮鮎の是非を見抜く目が釣果にもあらわれる、というのである。よい囮鮎を選ばないとよい釣りの成果は得られない、というのである。

次の4句は「子・孫」に関わる句。一流大学で経済学を学び、大手證券会社に就職した深田氏は、外資系證券の10年を含めて63歳半ばの自主定年まで、約40年間仕事一筋で来たのではないか。家庭や子・孫を振り返る暇が無かったのではないか。企業戦士や働き蜂といった言葉がもて囃された時代だったのだ。「温め酒」の句は、かつての企業戦士が我が子と酒を酌みあい相好をくずしているさまを髣髴とさせる。「子が来たり」の句は、「二月礼者の顔」と言ったところに息子の成長ぶりを思う父親の気持がにじむ。又、「雨蛙」「兜虫」の2句は、孫と遊ぶ祖父の喜びを余蘊なく示している。こうした身内の温かみが生きる支えになったことはまちがいない。

最後の4句は久留里線に関わる句。久留里線は、千葉県木更津市の木更津駅から君津市の上総亀山駅までを結ぶ鉄道路線。この4句は深田氏にとって千葉県が第二の故郷になったことを示す。因みに、氏は群馬県前橋で生まれ、東京で学生生活を送っている。「久留里線我も過客や秋の暮」は言うまでもなく「奥の細道」冒頭の〈月日は百代の過客にして、行かふ年も又旅人也〉を踏まえている。作者は自らを「過客」(=旅人)と言い、千葉県を歩きまわることを肯じている。第二の故郷を踏みしめて句作に励むことが、今や作者の喜びとなりプラス思考を生んでいるのである。

深田雅敏氏は平成12年から本格的に俳句を始めているが、比喩、擬人法、取り合せ、句またがり、リフレインなど、さまざまな技法を自家薬籠中のものとして多くの佳什を得ている。その中で私が特に注目するのは比喩、擬人法の句である。すでに挙げた句を除き、私の好きな句を5句とかぎって挙げてみる。

咲き満ちて桜は翼張るごとし　Ⅰ
目を貰ひ星座見てゐる雪だるま　Ⅱ
蝌蚪群れて梵字の泳ぐ如くなり　Ⅱ
雲流れライン・ダンスの猫じやらし　Ⅱ
冬薔薇意地張る如く真つ赤なり　Ⅲ

梵字あり、ライン・ダンスあり、意地張る薔薇あり、自由闊達な句風が読む者を魅了する。
以上で私の拙い序を終わる。深田さん、句集『暫』の上梓おめでとうございます。

平成27年2月

大串　章

句集　暫　目次

装丁　宿南　勇

# 句集　暫

しばらく

# Ⅰ　生きる証

# 平成十八年～十九年

お台場の空に漂ふ春の月

伏流水噴き出て春の雲映す

春耕の鍬水荒く磨くなり

畦焼きの匂ひを乗せて久留里線

還暦の象の花子に囀れり

春月の雲の彼方に龍太逝く

大岩に鶯ひびく天城山
咲き満ちて桜は翼張るごとし

花びらが風と乗りこむ久留里線

逃水の加速ぐんぐん滑走路

蜜蜂の羽音混み合ふ梨の花

皺もまた生きる証ぞ若葉風

伏流水砂を蹴立てて立夏なり

信号を海へ下れば祭笛

万緑に大仏微笑したまへり

釣り上げし鮎にとくとく鼓動音

鮎竿を納め夕づく山河かな

鈴の音や汗の染みたる遍路杖

月光に羽蟻飛び交ふ宴かな

雲海やわが影伸びて歩みをり

イヴ・モンタン逝きて久しき巴里祭

黒葡萄土耳古絵皿の姫が舞ふ

鉄棒の足蹴るかなたいわし雲

泣きやみし児の目に涙秋海棠

万里の長城夜は銀漢と睦むらし

原爆忌赤き叫びの甦る

まつすぐに狂つてみたし阿波踊

会心の農の腕組稲穂波

刈り終へし棚田に雨の一日かな

雨の日も風の夜もある案山子かな

筑波嶺の裾にひろがる豊の秋

古稀を祝して

先生の白髪に艶吾亦紅

鮎落ちて川面をゆくは雲ばかり

裏富士の風に波打つ蕎麦の花

木の実降る足柄山の獣みち

無花果を煮てゐる人の笑顔かな

田仕舞の煙の空を渡り鳥

西塔にかかりて白し後の月

正一位稲荷の杜に小鳥来る

寂聴さん文化勲章受く

狎れを捨て切に生きよと冬北斗

ボージョレ・ヌーボーぽんと栓抜く小春の夜

焼諸の煙むらさき日暮れくる

枯蘆の広がる朝のひかりかな

凩に山がうがうと鯖街道

若狭路や塗箸ひかる鰤起し

白障子一重まぶたの竹人形

大仏の猫背を照らす冬の月

漁火へ狐火こたふ荒岬

本堂に杉に雪積む無音界

# Ⅱ　その時は

平成二十年〜二十一年

白波の砕けて奔る淑気かな

逢ふときは紅差して来よ雪女

月明の池に皺寄せ初氷

風呂吹きを好む齢となりにけり

木曾駒の稜線走る雪けむり

木曾駒に冬将軍の荒ぶかな

のぞき見る汝が目の中も雪降れり
目を貰ひ星座見てゐる雪だるま

野火走る己が煙を追ひながら

龍太の忌百戸の谿の雪解川

子が来たり二月礼者の顔をして

枸杞摘んで霧笛の海を振り返る

涅槃図の象おんおんと涙せる

蝌蚪群れて梵字の泳ぐ如くなり

大屋根を駆けて躓く雀の子

光悦忌漆の筥に蝶生まる

空へ弧を描きて島の初つばめ

勈斗雲駆けゆく空を黄砂くる

帆引船網曳く彼方鳥雲に

岬茶屋菜めしに若布加へあり

鯛網に神酒ふり注ぎ出港す

月満ちて落花の贅の中にをり

逢ひに行く四百年の山桜

那珂川が大きく曲る麦の秋

少年の心は一途青嵐

山門を入るや奥より閑古鳥

触れし手に電気の走る蛇の衣

袋掛枝にＣＤ鳴つてをり

白南風や暖簾のうなぎ翻る

飢ゑ深く時を刻みぬ蟻地獄

父の忌のぴりりと辛き夏大根

一輪車上手に漕げて夏帽子

夏の夜の星座ひしめく西穂高

長寿眉大暑のけふも背を正し

旗かかげ吃水深く鰹船

祭笛薄暮の街にもんじや焼

夏霧や匂ひ濃くなる獣道

古代蓮記紀万葉の風吹けり

空海の空夕焼けて室戸岬

蟻地獄月に無数のクレーター

大吟醸肴は鮎の一夜干

海の日の翻車魚《まんぼう》大きくなつてをり

吊革に揺るる千の手原爆忌

釣り宿に男ばかりの星祭

その時は銀河へゆくと決めてをり

問ひ掛けに農夫の笑顔稲穂波

ウィンドーに残暑きびしく西銀座

鳳仙花はじけて富士の高きかな

雲流れライン・ダンスの猫じゃらし

ペガサスへ銀河鉄道賢治の忌

飛ぶ鯔に夕日輝く船溜り

落鮎の早瀬に月のひかりかな

供華あふれ花野となりし柩かな

稲刈つて畦に露草蓼の花

温め酒子と酌む酔ひの早かりき
かりがねに月の空ある大和かな

渡り来て静かに雁の羽繕ひ
日は西へ稲穂輝く飛鳥寺

石舞台黒々釣瓶落しかな

青北風や木曾御嶽の登り口

秋風を聴く月山の八合目

渓谷を抜け出て秋の風に会ふ

貯木場に山の木浮かぶ鰯雲

抜かれたる案山子そのまま風葬に

子規庵の子規の机に柿一つ

サックスは「聖者の行進」銀杏散る

掛大根力抜けたる白さかな

バッカスの忙しくなりぬ神の留守

上弦の月を船とし神の旅

白足袋がふいに振り向く神楽坂

枝渡りしつつ寒禽賑やかに
美しき冬田のならぶ日本海

むささびや八幡平の星飛べり

討入りの今朝は冬晴れ髭を剃る

# 独走のラガーのトライとんぼ切る

# Ⅲ　象の花子

象の花子は、昭和22（1947）年タイに生まれ、現在、井の頭自然文化園で飼育されている（戦争中に餓死した象の花子の名を継いで「はな子」と命名されたが、深田氏の表記に従い「花子」とした。氏には餓死した「花子」への思いもあろうかと推察する）。　――大串章「序」より

# 平成二十二年〜二十三年

初日の出鯨の海の水平線

亡き父母に祝詞をあげて年始

初明り棚のこけしの微笑せる

なまはげの時に小声で子を諭す

浄瑠璃や又泣きに行く冬月夜

松林透けて寒九の海光る

寒晴や刺繡のごとく木々の枝

冬薔薇意地張る如く真つ赤なり

恙なく笑顔集まる探梅行

「暫」と両手で冬を押し返す

裸木となりて張る力瘤

椿落つ被りし雪をこぼしつつ

吊し雛窓にひろがる駿河湾

雛段の隅に鳴子のこけし立つ

満潮に紅梅匂ふ船溜り

石鹸玉吹くや漂ふシャネルの香

山焼きや埴輪の口も目も丸く

畦焼きの煙になみだ久留里線

艫綱に春雪つもる船溜り
干満の海を見つめて葱坊主

金盞花眼に力ある麗子像

床上げの便りの来たる金盞花

杉玉の下に男雛と女雛かな

東日本大震災　三句

蒲公英や黒き津波の引きし跡

菜の花も桜も供華となりしかな

仏生会被災地は今朝雪といふ

南伊豆海辺の宿の吊し雛

涅槃会に象の花子の来たる夢

桜咲く象の花子に逢ひに行く

花吹雪象の花子が鼻振つて

雨粒が木の芽のごとく並びをり

湧水の底に輝く春の月

目の笑ふ児の手ひらけば雨蛙

水音に揺るる天城の花山葵

田水引く音賑やかに軽やかに
久留里線田植の中を通りけり

一両電車蛍の川を渡りけり

お台場にサンバのリズム夏祭

麦秋やトランペットの二重奏

研究室に血統継いでゐる目高

サングラス外せば常の笑顔なる
夕端居心の内は覗かせず

スカイツリー仰ぎて潜る茅の輪かな

白南風や象の花子の好きな風

夏帽の少女ら励む一輪車

川筋に囮鮎売る青き旗

滝行の白衣は飛沫より白く
篝火に火蛾金粉を撒き散らし

炎天に庖丁研ぎの幟かな

佃煮屋貝風鈴の賑やかに

雲の峰海女の磯笛波間より

指差して農夫の笑顔稲の花

閻魔蟋蟀声張りあげる敗戦忌

盆過ぎの海の荒れ出す九十九里

寝袋をかりて一夜の天の川

論争の火種となりし鶏頭花

かなかなや稲刈終る印旛村

山径を花道のごと鬼やんま

暁闇に邯鄲の声泣くごとし

朽舟や日の暮れてより轡虫

ベランダの茣蓙に虫きく良夜かな

良夜かな象の花子に佳き夢を

捨舟の舳先にからむ葛の花

龍之介の墓に酒壜賜猛る

柿好きは子規のみならず波郷また

※波郷の妻あき子に次の句あり
〈柿洗ひ食はずに夫の逝きしかな〉

黒葡萄白磁の皿に盛りあがる

風見鶏色なき風と遊びをり

魔女の箒ポプラと化して天高し

秋刀魚豊漁北の漁師の目に力

案山子とは思へぬ顔に見詰められ

大津絵の鬼の微笑む新走り

椎の実を炒つてふる里懐かしむ

葱畑に高く土寄す冬仕度

城壁のごとく三浦の掛大根

親狐子狐走るフェアウエイ

底冷えの月皓々と銀閣寺

合掌の土偶愛らし冬うらら

埋火や遠き思ひ出掘り起し

鱈雑炊湯気が家族をつつむかな

# Ⅳ　鯨の海

平成二十四年〜二十五年

弓なりに淑気の走る九十九里
九十九里の淑気を胸に存へむ

初日満つ波の伊八の一の宮

大屋根に見付けてうれし初雀

海光に白かがやける干大根

英虞湾の真珠筏に寒月光

松ぼくり蹴つて楽しや四温晴

寒林の道スキップの少女来る

寒造り女杜氏が指図して

襖絵の枯野を走る白狐かな

岩を咬み岩を巻きこむ雪解川

残雪に石現はるる流人墓

春浅し小間物も売る本屋かな

此の奥は野鳥の保護区梅真白

黄水仙茅葺き屋根の雨雫

風光る数多の莟笑むごとし

菜の花や鯨の海の見ゆる丘

鉈彫りの仏の微笑すみれ咲く

五分咲きの桜に映ゆる磨崖仏
百段坂登れば母校朝ざくら

夕空に月の舟浮くさくらかな

白山の峰を遥かに桃の花

佐保姫の衣の風に木々芽吹く
菜の花や安房の海へと咲き乱れ

春嵐魁夷の道の一直線

春嵐波の伊八の海吼ゆる

手話の子の笑顔が仰ぐ藤の花

白藤や滝の如くに迸り

ゆく雲にとり残されて桐の花

富士を背に風に真向ふ鯉幟

万緑を映す湖畔を白馬ゆく

月涼し青田の中の家二軒

低音が夜を濃くする牛蛙

新緑の山毛欅の音きく聴診器

囮鮎選ぶ眼力釣果にも

鮎釣つて夕日を帰る筑波山

神宮の森の小径に蛇いちご

神楽坂瓢簞坂も梅雨の中

空仰ぎ待つ気配なり黒日傘

蜜蜂の触れて浅沙の花開く

夜は星をひるは雲掃く今年竹

神田川夜涼みの舟舫ひあり

命綱干されて海女の昼寝かな

海風に蟬の鳴きだす平家塚

沖縄に悲しき日あり海紅豆

山々に夏雲群るる天城かな

将門の首塚照らす夏の月

金剛と名付けて孫の兜虫

新作の花火が闇を駆け上がる

阿波踊男をどりが寄せて来る

己が死を知るやつくつく法師蟬

初秋の風の駈けゆく切通し

釣宿の昼しんかんと秋薔薇

健啖も詩魂も無双子規忌なり

和太鼓を月に打ち出す少年隊

サックスとホルンの響く月の森

人の死のすぐ遠くなる秋桜

肩に来る安房の棚田の赤とんぼ

虫の闇暫く見つめ通夜帰り

戸隠の月夜に浮かぶ蕎麦の花

続編のやうな秋雨鯖街道

漁師町秋の風鈴鳴つてをり

雨風に目鼻消えたる案山子立つ

漬物石庭に返して今日の月

天下の嶮蓑虫ゆれて風に棲む
馬頭琴月夜の空を駈けめぐる

生きるとは死ぬとは月を仰ぐたび
久留里線我も過客や秋の暮

ゼブラゾーンの人みな急ぐ秋の暮

米櫃に美濃の渋柿熟るる頃

千社札新し豊年祭りかな

天網のほつれしところ鰯雲

烏瓜だけが赤くて森静か

新藁に寝ころび背のうれしがる

半島は砦の如し掛大根

切り干の日に日に乾き匂ひ濃し

水底の落葉の上に朴落葉

名水の冬滝となり烟りをり

竹林へ落葉散り込むひかりかな

人違ひされてマスクを外しけり

乾鮭を外すや北の海吼ゆる

印旛村今朝一面の霜浄土

数へ日の机の上の混み合へる
降る雪にかまくらの灯のやさしくて

雪女道路鏡より出て来たり

作り笑ひやがて本気の千葉笑ひ

# V

# 早春賦

平成二十六年

犬吠埼へ鳶の集まる初御空

老ゆるとも熱く生きたし雑煮吹く

福沸し湯になる水の笑ひ声

人住まぬ寺に寝釈迦や枯木星

霙降る真砂女の墓に誰か居る

餌撒くや鴨に後れて鯉の口

新作のこけし並べて春を待つ

綿虫のこゑ聞きしかと振り返る

七色の尾羽きらめく春帽子

古雛ちちはは遠くなりにけり

初燕ニコライ堂の空高く

早春賦渓に水音風の音

田起しのエンジン響く山桜

花散るや水張る安房の千枚田

植ゑ終へて棚田に春の月光る

海原は銀紙の皺鳥曇

雨に濡れ椿は色を研ぎ澄ます

「百鳥」創刊二十周年に際し、大串章主宰が講演集上梓
祝・『俳句とともに』

雪解水集めて大河盛り上がる

# 跋

釣り上げし鮎にとくとく鼓動音
鮎竿を納め夕づく山河かな
鮎落ちて川面をゆくは雲ばかり
大吟醸肴は鮎の一夜干
落鮎の早瀬に月のひかりかな
川筋に囮鮎売る青き旗
囮鮎選ぶ眼力釣果にも
鮎釣つて夕日を帰る筑波山

句集『暫』の中に多く見られる鮎釣りの句を先ず挙げてみました。この句集の著者深田雅敏氏の生涯に亘る趣味が鮎の友釣と知り、その趣味がどのように俳句作品に結実し、そこに深田氏の姿がどのように投影されているかを見たいと思ったからです。

深田氏は、「あとがき」に自ら記すように、リタイア後の生活の友として釣りの他に俳句を選び、他の結社に所属した6年を経て平成18年に「百鳥」の門を敲いています。何故「百鳥」を選んだかは「あとがき」に詳しく記されていますが、第一、二、三句は著者が新しい世界を求めて「百鳥」に入会した頃の作品です。釣り上げた鮎の鼓動に新しい世界に踏み出す自らの抱負を重ね、夕づく山河を、そして川面をゆく雲を眺めながら静かな闘志を燃やしている氏の姿が見えます。

著者が「百鳥」誌に初登場したのは平成18年8月号で、「蜜蜂の羽音混み合ふ梨の花」「天竜川水を豊かに鮎解禁」の2句を発表しています。その後、9月号三句欄、10月号四句欄、11月号五句欄、と誌上を駆け上がり、平成21年に同人に推挙されました。第四、五句はその頃の作品。

新しい結社に徐々に馴染み、自らの釣った鮎の一夜干しでゆっくり大吟醸を味わっている深田氏。第五句は美しい作品です。鮎釣りに執している人のみが捉え得る月の光といえるでしょう。「川筋に……」の句、旗の青さと囮鮎の響き合いに惹かれます。「囮鮎……」の句は序文で大串主宰に賞賛されているように、作句の力量のいかんなく発揮された作品です。第八句の釣り上げた鮎と共に夕日の中を帰ってゆく姿には、所を得た充足感が漂います。

なお、著者は以前所属していた結社誌に「〈落鮎〉の解釈が二つあったとは」というタイトルで「落鮎」という季語につき詳細に検証した文章を発表しています。この文には、深田氏の一つのことを納得のいくまで追求する資質が表れていて興味深いものがあります。

いくつかの句会で座を共にすることはあっても、個人的にはあまり存じ上げなかった著者の人となりに触れるのに、先ず趣味の鮎釣りの句から始めてみましたが、この句集には深田氏の様々な面が窺える作品が数多あります。順次作品を挙げながら見ていきたいと思います。

春耕の鍬水荒く磨くなり
飢ゑ深く時を刻みぬ蟻地獄
低音が夜を濃くする牛蛙
続編のやうな秋雨鯖街道
福沸し湯になる水の笑ひ声
海原は銀紙の皺鳥曇

鍬は「水荒く」磨かれ、蟻地獄は「飢ゑ深く時を刻み」、牛蛙の「低音が夜を濃くする」。秋雨は「続編のやうに」鯖街道に降り、湯になる水は「笑ひ声」を上げ、海原には「銀紙の皺」が敷き詰められます。見たものや思ったことを借り物ではない自分の言葉で表そうとして、おそらくは言葉と格闘し推敲を重ねられたに違いありません。その結果得られた言葉が、作者の苦闘の跡も見せず、作品の中で生き生きと働いています。

目を貰ひ星座見てゐる雪だるま
干満の海を見つめて葱坊主
魔女の箒ポプラと化して天高し

次に深田氏の童心の表れている作品を拾ってみました。目を貰って嬉しそうに星座を眺めている星空の下の雪だるまや、終日満ちたり引いたりする海をのんびり見ている葱坊主に心を寄せ、あの天を突くように亭々と高いポプラはもしかして魔女の箒の変じた姿かと想像している著者。どちらかといえば辛口の話し方で通っている深田氏の思わぬ一面です。

浄瑠璃や又泣きに行く冬月夜
石鹼玉吹くや漂ふシャネルの香

浄瑠璃を聞いて涙するナイーブさ、石鹼玉にシャネルの香を取り合わせるおしゃれな心、こんな一面も、この句集を通じて初めて知った深田氏の意外な姿です。

目の笑ふ児の手ひらけば雨蛙
手話の子の笑顔が仰ぐ藤の花
鱈雑炊湯気が家族をつつむかな
金剛と名付けて孫の兜虫

子どもや家族に注ぐ優しい眼差しが見えてくる作品群です。第一句は、掌をぱっと開いて中の雨蛙を見せる児の様子が活写され、「目の笑ふ」に何ともいえない味わいがあります。藤の花の下、手話の子の笑顔に共感を寄せる著者は、金剛と名付けた兜虫を孫と共に楽しみ、鱈雑炊の湯気につつまれた家族と団欒の時を過ごすのです。

咲き満ちて桜は翼張るごとし
月光に羽蟻飛び交ふ宴かな
月満ちて落花の贅の中にをり

松林透けて寒九の海光る
満潮に紅梅匂ふ船溜り
湧水の底に輝く春の月
英虞湾の真珠筏に寒月光
夕空に月の舟浮くさくらかな
竹林へ落葉散り込むひかりかな
雨に濡れ椿は色を研ぎ澄ます

これらの作品からは、著者の深い美意識が捉えた景がひろがります。桜大樹は翼を張るように咲き満ち、宴に飛び交う羽蟻は月の光を撒き散らします。満月の下に桜吹雪が続き、松の緑の間に白波の立つ冬の海が光ります。満潮の船溜りに紅梅の香を感じとる鋭敏な感覚は、澄み切った湧水の底に揺らぐ春の月を捉え、真珠筏に降り注ぐ寒月光に読者を浸します。あたかも無数の真珠が月の光を受けているように錯覚させるのは、「真珠筏」という言葉の力なのでしょう。夕空に月の舟が浮くのは当たり前ですが、坐五の「さくらかな」で一気に地上と空が結ばれ、夕微光の中にしらしらと桜が浮かび上がってきます。竹林の中に散り込んでいく落葉も、作品の中では枯れ色を消し、光の化身となります。雨に濡れた椿の鮮やかな紅色が眼前する最後の句は、「百鳥」二十周年記念吟行会に於て主宰の特選を得た作品です。

万里の長城夜は銀漢と睦むらし
蝌蚪群れて梵字の泳ぐ如くなり
触れし手に電気の走る蛇の衣
供華あふれ花野となりし柩かな
抜かれたる案山子そのまま風葬に
論争の火種となりし鶏頭花

深田氏はかなり想像力豊かな人のようです。白昼の万里の長城を見てその空に天の川を流し、群れている蝌蚪の様子は梵字が泳いでいるようだといいます。蛇の衣に触れた手には電気が走り、供華の溢れる柩は広い花野と化します。抜かれて放り出されている案山子の終の姿に思いを馳せ、鶏頭花の赤さに論争の火種を感じる、その柔軟な感覚は、今後も決して老いを寄せつけないことでしょう。

まつすぐに狂つてみたし阿波踊
冬薔薇意地張る如く真つ赤なり
春 嵐 魁 夷 の 道 の 一 直 線
生きるとは死ぬとは月を仰ぐたび
虫の闇暫く見つめ通夜帰り
人の死のすぐ遠くなる秋桜
九十九里の淑気を胸に存へむ
老ゆるとも熱く生きたし雑煮吹く

これらの句からは、著者の生きる姿勢が迫ってきます。阿波踊りと冬薔薇には著者の自己投影が見え、魁夷の絵の中の一直線の道は、春嵐の中を進む著者の道と重なります。月を仰ぐ度に人の根源の問題である生死を考え、通夜の帰りに見つめる虫の闇の中に今立ち会ってきた人の死を思いますが、風に揺れるコスモスの前に立てば人の死も実感を失ってどこか遠いものになるのです。長い年月を生き多くの人の生死に立ち会ってきた人に共通する認識かも知れません。そんな生死の問題を超越して、新しい年を迎えた時は、九十九里の淑気を胸いっぱいに吸い込んで一年への思いを新たにし、熱く生きようと雑煮を吹く深田氏がいます。

雪解水集めて大河盛り上がる

句集の掉尾に置かれたこの一句は、「百鳥」の二十周年を記念して上梓された大串主宰の講演集『俳句とともに』を言祝ぐ作品で、俳句を紡ぐ場として選んだ結社の主宰に対する深い敬意を巧みに詠みこんだ上質な挨拶句になっています。

皺もまた生きる証ぞ若葉風
「暫」と両手で冬を押し返す

その時は銀河へゆくと決めてをり

最後に、大串主宰が序文で採りあげられた句と重複はしますが、どうしても外すことの出来ない三句を挙げます。皺を「生きる証」と諾い、「暫」と両手で老いを押し返しておいて、「その時は銀河へゆくと決めて」いるという、そこに句集『暫』の著者深田雅敏氏のこれからの人生に対する覚悟の潔さを見ます。「その時」までの時間はまだまだ長いことを確信しつつ、傘寿を記念しての第一句集の上梓に心からの祝意を表したいと思います。

平成二十七年二月

石崎宏子

## あとがき――俳句へ――

六十三歳半ば、私はサラリーマン生活を閉じることになり、あとは現役時代から凝っていた鮎の「友釣り」と家庭菜園をやると決めていた。転換はスムーズに進んだが、この二つは予想以上に体力を必要とした。殊に、九十坪の菜園がきつかった。

体に負担の軽い、何かを探そうと思い始めた矢先、突発性難聴に見舞われ右耳と、体の平衡感覚に後遺症が残った。病院通いの或る日、本屋の棚で俳句の雑誌をめくっていたら驚嘆すべき一句に出会ったのである。

冬の風人生誤算なからんや　　飯田蛇笏

一読胸に染み入って来た。この句は、要するに「人生を一途に生きて来たか」と問いかけているのだ。私は躊躇することなく、俳句をやってみようと決めたのである。

調べると、各地にある文化センターの俳句教室に入るのが俳句入門によいとのことであった。或る友人は若い講師の教室へ入れと言う。老人講師は風邪やら何やらで休講が多いというのだ。船橋のららぽーとの文化センターで一番若い講師の俳句教室に入ることが出来た。

そこで出会った方が「沖」の能村研三先生である。未だ五十歳前の方であった。能村登四郎も、「沖」も何も知らずに、俳句の第一歩が始まった。能村俳句教室に入り半年後、平成十二年二月「沖」入会。平成十七年一月「沖」同人。翌十八年五月「沖」退会、同時に「百鳥」入会。

当時、「鷹」の藤田湘子、「古志」の長谷川櫂氏は、五年経ったら結社の主宰が自分に合っているかどうか検討するがよい、と盛んに言ったり書いたりしていた。私は職歴の方でも会社を変えて、納得出来た経験があり、「沖」退会で深刻になることはなかった。干支《えと》で一回り以上若い先生とは経験、感覚のずれもあった。七十歳で同人に指名された欣び以上に、これを機に新天地へ転進することへの興味と気力があったのであろう。

何故「百鳥」を選んだのか。その前に、「沖」在籍六年の忘れ難い人との縁について二・三記しておきたい。

**その（1）**

能村登四郎の数十年に亘る盟友であり、「馬酔木」の創立者・水原秋櫻子の愛弟子でもあった林翔先生の句会に初学の頃から五年間通うことが出来た事。林翔先生の影響は今も私の中に生きていると思う。

**その（2）**

二〇〇六年初版、『角川俳句大歳時記』の秋と新年の部に一句ずつ私の句が採録された事。

〈秋〉　新蕎麦や口で箸割る秩父駅　　深田雅敏　沖

〈新年〉初東風や帽子も恋も飛ばされて　深田雅敏　沖

「沖」入会三年目から、何故か私は編集部員になっていた。『角川俳句大歳時記』発行に伴い、各結社に季語の参考句の募集があった。「沖」にも依頼があり、その一部が編集部に廻って来た。私も三句か五句出句した記憶がある。その中の二句が選考委員会を通ったのだと思われる。これも遡ると、ららぽーとの俳句教室で一番若い能村研三先生（現・「沖」主宰）との出会いが契機であり、人との縁と思われてならないのである。

大歳時記への入選を知ったとき、私はすでに「百鳥」の会員になっており、いろいろ苦戦を重ねていた頃でもあり、入選二句は大きな励みとなった。

**その（3）**

平成十五年から二十二年秋まで「轍」（主宰・大関靖博氏、現・高千穂大学教授）に所属していた。大関さんは、能村登四郎の弟子で俳歴五十年。登四郎没後、短期間「沖」編集長を務められた。当時、四句欄で苦しんでいた私の背を何度となく押して頂いた。後に、独立して「轍」を立ち上げた折、私は創刊同人として参加したのである。俳句とは何かを実作を通じて教えていただいた方である。

さて本題に戻る。「沖」の同人に推挙された欣びはあった。然し、五年経ったら所属結社の主宰が本当に自分に合っているかどうか検討してみよとの文字が胸の中にあり、新天地へ、新天地へとの囁きが次第に大きくなるようであった。

何人かの主宰の句を読んだ。そして私をゆさぶったのが「百鳥」大串章主宰の次の句であった。

酒も少しは飲む父なるぞ秋の夜は

この句には「故郷より吾子誕生の報至る。即ち一言」の前書がある。

一読した時、いい句だと直感したが、変な句だとも思った。これ迄こんな作りの句を見たことがない。

生まれたばかりの、未だ逢ったこともない吾子に、父はお酒は少し飲むなどと言うだろうか。「酒も少しは」の「は」、「飲む父なるぞ」の「ぞ」。「秋の夜は」の「は」、一体これらの念を押すような表現をどう理解すればよいのか。

「少しは」の「は」は説明、「父なるぞ」の「ぞ」は強調、それは、少しは飲むが深酒はしないことの強調、まことにまどろっこしい「ぞ」。「秋の夜」と切らずに、「秋の夜は」としたのは何故か。「秋の夜は」の「は」は冗長に見えるが、これは言訳の意味がありそうだ。「秋の夜は」と言えば月である。

澄んだ月の美しさ故に、仕事仲間とつい、何時もより少し多く飲んだ、その言訳の「は」に違いない。だが前書の「即ち一言」を読み、少し間を置いて一句を読み返すと趣が一変するのだ。例えば次のように。

吾子は当然第一子。誕生予定日はもっと後だったかも知れない。その夜、月は皓々と澄みわたり、仲間達と月見酒をやって帰って来たら、予想だにしていなかった「吾子誕生の報」が待っていたのだ。

悦びが胸に炸裂、父は隙を突かれてうろたえ気味になったに違いない。生まれて来てくれて有難う。未だ、お前と対面していないが、父はうれしいぞ。だがその父は吾子に、どう言えばよいのか、言葉がまとまらないのだ。

そこで父は、吾子に自己紹介を始めたのだ。

酒も少しは飲む父なるぞ秋の夜は

などと、上気しながら、嬉しさのあまり吾子へ向かって一言ごちたのだ。前書と一句が相和した時、親になる緊張感と歓び、加えて三十代後半で親になった男の含羞も見えて来る。

私は秀句と思った。蛇笏の句とは全く異なる叙情の世界が色濃く流れているのである。

以上、大串章先生を、即ち「百鳥」を選んだ理由である。

（此の句には、続編のように、あと五句、前書も豊かにちりばめ計六句でセットのようになっている、そこは省略する。）

「百鳥」入会（七十一歳）以来「吾子誕生」の句は、長らく私の作句上の道標、即ち磁石となっていた。

今はどうか。私もこの秋、八十歳になる。最近の磁石は違う句になった。平成二十四年（二〇一二年）角川の「俳句」七月号は、平成の名句六〇〇を特集した。選者の一人・山尾玉藻選三十句の中の一句。

母の顔冷たく固しまた触る　　大串　章

下五の「また触る」でぐっと来た。私の現在の磁石は此の句である。何故、大串先生か、何故、「百鳥」かに触れているうちに、異例な長い「あとがき」になってしまった。要は、人との縁《えにし》を記しておきたかったのである。

八十歳の第一句集『暫』が生まれるに際し、選句並びに「序文」を戴いた大串主宰の暖かい御配慮に深く感謝申し上げます。

中山世一様の御指導を中心とした黒砂句会は、私の俳句の最重要基地でありました。今後共よろしく御願い致します。

その他、句座を共にし、いろいろヒントや知恵を戴いた方々にも御礼申し上げます。

末筆になりますが「跋」は石﨑宏子様にその労を取って戴きました。御多忙の折、本当に御苦労をかけ、有難うございます。

「跋」を記すに際し、句集より関連句を抽き精緻に分析し、鑑賞した上で、文章はやさしく情愛をこめて書かれています。作者が思う以上に深い俳句鑑賞を頂戴する事も多く、感激することしばしばでありました。私の作った俳句達も欣んで歓声をあげています。

平成二十七年三月

深田雅敏

## 著者略歴

深田雅敏（ふかだ・まさとし）

「百鳥」同人、俳人協会会員

昭和10年10月生れ
平成12年２月　「沖」入会
平成15年１月　「轍」創刊同人（22年退会）
平成17年１月　「沖」同人
平成18年５月　「沖」退会、「百鳥」入会
平成21年１月　「百鳥」同人、現在に至る

現住所　〒276-0034　八千代市八千代台西8-20-6

句集　暫《しばらく》

百鳥叢書第七七篇
発　行　平成二十七年五月九日
著　者　深田雅敏
発行者　大山基利
発行所　株式会社　文學の森
〒一六九-〇〇七五
東京都新宿区高田馬場二-一-二　田島ビル八階
tel 03-5292-9188　fax 03-5292-9199
e-mail　mori@bungak.com
ホームページ　http://www.bungak.com
印刷・製本　竹田　登
©Masatoshi Fukada 2015, Printed in Japan
ISBN978-4-86438-413-1　C0092
落丁・乱丁本はお取替えいたします。